Le cheval de minuit

Sid Fleischman

Le cheval de minuit

Traduit de l'américain par
Carlotta Croce-Spinelli

l'école des loisirs
11, rue de Sèvres, Paris 6e

© 1992, l'école des loisirs, Paris, pour l'édition en langue française
Titre original : « The Midnight Horse »
(Greenwillow Books, William Morrow, New York)
Loi numéro 49 956 du 16 juillet 1949 sur les publications
destinées à la jeunesse : mars 1992
Dépôt légal : novembre 1993
Imprimé en France par Jean Lamour à Maxéville

Pour Seth et Dana

Chapitre 1
L'homme sur le toit

Il pleuvait des grenouilles. La diligence oscillait et vacillait sur la route, le long de la rivière, comme un navire dans une mer déchaînée. A l'intérieur bringuebalaient trois passagers comme, dans un port, un cargot sans amarres.

L'un était un forgeron, l'autre un voleur et le troisième était un orphelin nommé Touch.

Touch était frêle et sans chapeau, avec des cheveux bouclés comme des copeaux de bois. Malgré les rafales de cette nuit d'avril, il se sentait bien. Il n'avait jamais voyagé aussi dur et fort dans une diligence et avait bien l'intention de savourer chaque kilomètre de cette aventure. D'habitude, son moyen de locomotion se réduisait à ses deux maigres jambes.

– Il pleut des grenouilles, répéta le forgeron.

– J'ai remarqué, dit Touch.

– Petit, c'est ton estomac qui fait ce bruit-là ? Tu as faim, mon gars ? Tu es si mince de ton corps qu'il faudrait secouer tes vêtements pour t'y retrouver. Touch, c'est bien ton nom, n'est-ce pas ?

En effet, les vêtements de Touch étaient des kilomètres trop grands, mais c'était ce qu'il avait trouvé de mieux ajusté chez le chiffonnier de Portsmouth. Dans la doublure du manteau, il avait trouvé une pièce d'or cachée, ce qui lui avait permis de délaisser l'art subtil de la marche à pied pour celui de la diligence.

Le forgeron fouilla dans une de ses poches et en sortit un morceau de pain noir.

— Mets ça dans ton estomac, mon gars.

Touch accepta le pain avec gratitude mais ajouta :

— Une miette ou deux me suffiront. Je suis sûr que mon grand-oncle aura préparé un festin pour mon arrivée à Cricklewood. Nous ne nous connaissons pas mais je lui ai écrit que j'arrivais.

— Qui est ton oncle ?

— Wigglesforth. Le juge Henry Wigglesforth. Peut-être que vous le connaissez.

Pensif, le forgeron frotta sa joue de sa main large comme une tarte pour quatre.

— Bien sûr que je le connais, Touch. Tout le monde le connaît.

Un coup de tonnerre emplit l'air et le voleur regarda par-dessus son épaule. C'était un homme aux bras très longs, avec le visage entouré d'un cache-nez marron. De telle sorte que, pour Touch, il ressemblait à une momie mal bandée. Regarder en arrière par-dessus son épaule semblait être une habitude, car Touch l'avait déjà vu faire, comme si l'homme craignait d'être suivi.

– Etranger, comment as-tu dit que tu t'appelais? demanda le forgeron.

– Je n'ai rien dit, répondit le voleur.

En vérité, il l'avait dit, mais il changeait de nom plus souvent que de chaussettes et n'arrivait pas à se rappeler quel nom il s'était donné cette fois-ci.

– Je pensais que tu avais dit Cratt.

– Otis Cratt, ajouta Touch, comme pour confirmer le souvenir du forgeron.

Un vague grognement traversa les bandelettes de la momie.

– Alors ce doit être mon nom. Otis Cratt, c'est bien ça. Et maintenant, bonne nuit.

Il verrouilla ses bras comme pour dormir. Mais plus tard, quand le forgeron inspecta son portefeuille, Touch remarqua les yeux d'Otis Cratt attirés par la chose comme l'aiguille d'un compas par le vrai nord.

Après un moment, Monsieur Hobbs – c'était le nom du forgeron – s'enfonça dans un sommeil réparateur. Touch était content de regarder la pluie tomber.

A la lueur d'un éclair, il vit le long bras d'Otis Cratt ramper, tel un serpent à l'affût de sa proie, vers le portefeuille du forgeron.

Touch était tellement sidéré qu'aucun son ne sortit de sa bouche.

Le carillon d'une montre souleva les paupières du forgeron. La main voleuse se rétracta à la vitesse d'un éclair. Monsieur Hobbs tira sa chaîne en or de son gilet pour y lire l'heure. Mais il n'y avait pas de montre au bout de la chaîne en or.

A moitié endormi, le forgeron réenfourna la chaîne sans rien au bout et la tassa dans la poche de son gilet.

Otis Cratt rembobina son cache-nez autour de son visage. Mais pas avant que Touch ne l'ait regardé. Un visage attirant comme du fromage moisi et des yeux aussi profonds que des trous à rats.

Mais une montre continuait de sonner l'heure au-dessus de leurs têtes, aussi clairement que des cloches d'églises.

Le forgeron se réveilla tout à fait et son regard visa le plafond de la diligence.

– Force du bien! dit-il en riant. Il est venu pour le voyage! C'est le Grand Chaffalo! Avec sa montre grosse comme un navet.

– Chaffalo? murmura Touch.

– Le magicien! L'homme hanté. Si tu veux voir un fantôme vivant, passe la tête par la fenêtre. Il est sur le toit.

Touch n'était pas sûr de vouloir rencontrer un fantôme, mais il sortit sa tête dans la pluie.

La pâle lanterne de la diligence lui permettait de voir le dos du cocher et l'arrière de sa tête. Et sur le toit, il aperçut une longue botte de cuir luisante sous la pluie.

Une voix joyeuse perça l'air: «En

avant, cocher. Et fais attention à ce trou mort devant!» Touch était surpris de ne pas être vert de peur. Il cligna des yeux pour faire tomber les gouttes de pluie de ses cils, espérant ainsi mieux voir.

Ils heurtèrent le trou et Monsieur Hobbs retint Touch par le collet de peur qu'il ne s'envolât par la fenêtre.

– L'as-tu bien vu? demanda le forgeron en ramenant Touch à l'intérieur de la diligence. Il n'est pas timide celui-là. C'était un grand homme autrefois. Cette montre lui a été donnée par le roi de Prusse.

Otis Cratt était assis, indifférent, enfoui dans son cache-nez, loin du froid.

Touch se demanda si Chaffalo allait apparaître se balançant à la fenêtre pour se mettre à l'abri à l'intérieur de la diligence. Mais il n'en fit rien et après qu'une

heure entière eut passé sans qu'on enten-
dît le carillon de la montre, Monsieur
Hobbs annonça qu'il était parti.

Enfin, le ciel toussa d'un dernier tonnerre et éternua une dernière goutte de
pluie. Enfin, le cocher souffla ses lan-
ternes. L'aube se levait, aussi lumineuse
qu'une rose d'Inde, quand le village apparut. A travers la fenêtre, Touch vit une
pancarte clouée sur un arbre.

CRICKLEWOOD
NEW HAMPSHIRE
217 HABITANTS
216 PERSONNES FRÉQUENTABLES
&
1 INFERNAL GRINCHEUX

Touch la lut à haute voix et demanda :

– Qui est le grincheux ?

Le forgeron se frotta le menton.

– Je suis désolé d'avoir à te le dire, mais c'est ton grand-oncle Wigglesforth.

Chapitre 2
Le Grand Chaffalo

La diligence s'arrêta à l'Auberge du Corbeau Rouge et les passagers descendirent. Touch contempla le toit comme si le Grand Chaffalo pouvait encore y être. Le voleur, avec un regard en arrière, s'éloigna à grands pas vers les arbres.

– Il a voulu piquer votre portefeuille, dit Touch à Monsieur Hobbs.

– Et sauter de la diligence? fit remarquer le forgeron, moyennement surpris. Cet homme doit être un idiot. Il devra faire attention.

Touch suivit Monsieur Hobbs à l'intérieur de l'auberge.

– Petit, ne sois pas trop déçu si ton grand-oncle a oublié que tu venais, dit le forgeron. Tu sais comment est un juge, la tête tout emmêlée dans une toile d'araignée de lois et de contrats. De quoi avoir mauvaise mémoire.

Ils entrèrent dans la salle commune, où un maigre feu faisait de son mieux pour prodiguer un accueil chaleureux.

Touch vit plein de tableaux accrochés aux murs mais pas âme qui vive pour les admirer. Son cœur se serra, mais juste un petit peu. Les déceptions, dans sa vie, étaient aussi communes que les empreintes de cochons dans la terre et il écarta celle-ci sans effort, comme un arbre perd une feuille.

– Je compte bien faire un tour dans

le village, maintenant que je suis ici, dit-
il.

Son grand-oncle n'était, après tout,
qu'un étranger de plus dans sa vie. C'était
seulement cette pièce d'or, trouvée par
hasard, qui lui avait donné l'occasion de
penser à lui. Malgré tout, Touch était cu-
rieux de voir la tête du seul membre res-
tant de sa famille. Si l'homme était un
grincheux, eh bien! tant mieux, alors
Touch reprendrait son chemin.

Le forgeron cria:

— Sally, où êtes-vous? Nous aurions
bien besoin d'un copieux petit déjeuner.

— Pas moi, Monsieur, dit Touch. Il
me reste à peine un sou.

Une fille de dix-sept ou dix-huit ans
arriva dévalant l'escalier.

Elle avait un joli visage avec un regard d'une grande tristesse. Touch pensa

qu'elle devait être là-haut à pleurer tout son soûl. Mais ses yeux s'éclairèrent comme un ciel bleu à la vue du forgeron.

– Monsieur Hobbs! Je n'avais pas entendu la diligence.

– Vous n'écoutiez pas. Je pense que vous avez perdu l'habitude, Sally.

– Vous m'avez manqué! Je présume que vos affaires se sont bien passées.

– Formidablement bien! Formidablement bien! déclara le forgeron, mais Touch détecta une note un peu fausse dans son enthousiasme.

– Je vais raviver le feu, dit Sally. L'hiver dure comme un mauvais rhume, et nous voilà déjà presque en mai.

– Nous allons soigner le feu. Touch, tu as le plaisir de rencontrer notre hôtesse, Mademoiselle Sally Hoskins. Et voici Touch, avec à peine un sou en poche.

24

Deux petits déjeuners, Sally ! Vous ne renverriez pas un garçon affamé, n'est-ce pas ?

Elle fit un petit sourire et se dépêcha vers la cuisine. Le forgeron la suivit du regard. Soudain les deux hommes devinrent aussi tristes qu'elle.

– N'y a-t-il personne qui reste dans cette auberge ? demanda Touch.

– Pratiquement plus une âme, mon gars.

– Est-ce hanté ?

– On pourrait le dire, comme on pourrait ne pas le dire.

Le forgeron semblait anxieux de dévier sur d'autres sujets de conversation et il pointa du doigt un tableau au mur.

– Touch, regarde cette affiche ! C'est le Grand Chaffalo à son sommet. Et dédicacée de sa propre main !

Touch traversa la pièce jusqu'à l'af-

fiche de théâtre. Dans un éclat de cou-
leurs se tenait un homme grand et sou-
riant, en tenue de soirée, une banderole
rouge en écharpe. Ses longs doigts effilés
lançaient des éclairs en direction d'un cheval jaune dans un nuage de paille. De
grandes lettres vertes proclamaient :

UN SPECTACLE DE RÊVE !

VENEZ VOIR

LE GRAND CHAFFALO

EXÉCUTER SON EXTRAORDINAIRE

TOUR DE CHEVAL MAGIQUE !

– Il est né ici à Cricklewood, dit le
forgeron. Et il s'est construit lui-même une
maison d'été où il se reposait après ses
voyages. Quelquefois, il prenait ses repas
ici à l'Auberge du Corbeau Rouge. J'étais
juste un petit garçon en ce temps-là et un
jour il m'a pincé le bout du nez et en a

sorti une pièce de monnaie chinoise!

Touch regarda le magicien droit dans les yeux et il lui sembla que ces yeux le fixaient en retour.

— Quel était cet extraordinaire tour de cheval magique?

— Il claquait des doigts et transformait une botte de paille en un cheval fringant.

— Ça alors! dit Touch.

— Le Grand Chaffalo est devenu un fantôme par erreur, pourrait-on dire, fit remarquer le forgeron. Il faisait son tour du cheval magique sur un bateau-théâtre du Mississippi. Selon les journaux, un équarisseur de mules se leva et cria: «Chaffalo, si tu es vraiment un magicien, attrape cette balle de fusil avec tes dents!» Et le Chaffalo y serait sans doute arrivé, mais le tir du dépeceur de mules n'atteignit pas l'endroit visé. La balle précipita le Grand Chaffalo dans une mort précoce.

— Comment son fantôme est-il revenu ici ? demanda Touch, incapable de s'arracher aux rêves de l'affiche.

— En marchant, répondit le forgeron. En marchant ou en voyageant sur les diligences. Et puis il a été mêlé à la guerre civile. Et pendant la bataille de la butte des Petits-Pois, un soldat blessé affirma qu'un compagnon avait croisé son chemin et transformé une botte de paille en un cheval pour qu'il le montât. Ce fut dans les journaux. De même à Shiloh et Yorktown. Et j'imagine que lorsque le Grand Chaffalo était fatigué de marcher ou de voyager sur le toit des diligences, il se fabriquait tout simplement un cheval. Ainsi rentra-t-il chez lui à Cricklewood heureux comme un poisson dans l'eau.

– La maison qu'il a construite, est-elle près d'ici?

– Là-bas dans les bois, et assez délabrée. Personne n'y va plus jamais, l'endroit est vraiment hanté.

– Mais il a l'air d'être un esprit si gentil, remarqua Touch.

– Les fantômes sont des fantômes, dit le forgeron.

Monsieur Hobbs retourna au coin du feu. Sally était venue et repartie, laissant deux tasses de café fumant.

– Bois et réchauffe-toi, Touch, dit le forgeron. Et dis-moi ce que tu veux devenir.

– Je compte partir en mer, répondit Touch.

– En mer! Ne me dis pas ça!

Touch se réchauffa les mains sur la tasse de café.

— Je me suis engagé comme garçon de cabines, mais le bateau s'est échoué avant d'avoir quitté le port. Le capitaine s'est imaginé que j'étais un Jonas. J'étais devenu la malchance montée sur deux jambes, Monsieur.

— Ce sont vraiment les mauvaises langues qui ont ainsi court-circuité ta carrière de marin? demanda le forgeron.

— A la vitesse de l'éclair, répliqua Touch. Je ne pouvais plus montrer mon nez sur les quais sans qu'on me lançât des pierres.

— Jeune Touch, dit doucement Monsieur Hobbs. Tu ne crois pas être la malchance montée sur deux jambes, n'est-ce pas?

Touch hésita.

— Je ne sais pas, Monsieur. Quelquefois j'ai l'impression de l'être.

Cela surprit Touch de partager ainsi, si facilement, son douloureux secret avec le forgeron. Il espérait laisser derrière lui à Portsmouth son image de Jonas.

Monsieur Hobbs scruta Touch du regard.

— Si les gens te traitaient de chien, te mettrais-tu à aboyer et à te gratter les puces?

— Non, Monsieur, grommela Touch.

— Les gens disent des bêtises! (Le forgeron se pencha en avant et baissa la voix.) Touch, ce sont des bêtises qui ont rendu Sally si triste, comme tu l'apprendras. Des mauvaises langues!

Touch observa le vide pesant de la salle commune.

— Un peu hanté mais pas vraiment, vous avez dit.

— Pire que cela.

31

– Par les chiens de l'enfer! dit Touch se demandant ce qui pouvait bien être pire.

– Un barbier avec des dents d'or a signé le registre en octobre pour une nuit. Des dents en or, en haut et en bas, Touch. Cet homme, on ne l'a jamais revu. Volatilisé.

– Filé sans payer sa note?

– Improbable. Son nécessaire de barbier a été retrouvé. Quelqu'un a aussitôt remué sa mauvaise langue pour dire que peut-être le papa de Sally l'avait tué. Pour ses dents en or, tu vois. Crime et mobile, c'était clair comme de l'eau de roche. Il y a encore le projet dans le village de bêcher la terre pour retrouver les ossements. Le père de Sally en est bel et bien mort. Et les mauvaises langues remuent toujours et les voyageurs évitent le Corbeau Rouge.

— Sally, pleure-t-elle?

— Elle n'arrête pratiquement pas, reprit le forgeron. Et à ta place je ne mentionnerais pas que je suis l'arrière-neveu du juge Wigglesforth.

— C'est lui, alors, dit Touch.

— C'est lui qui a lancé la rumeur.

Chapitre 3
Trente-sept centimes

Pour autant que Touch puisse en juger, le juge Wigglesforth avait la plus grande maison du village. Elle se tenait au milieu d'un épais rassemblement de bouleaux sur la pente raide d'une colline. Un long escalier en planches épaisses tombait de la porte de devant comme une langue pendante.

Alors que Touch escaladait les planches, il lui sembla que chaque fenêtre le regardait à la dérobée. Hésitant juste un instant, il attrapa la poignée de cuivre et frappa. Et frappa encore.

Cela lui sembla être une éternité avant que la porte ne s'ouvrît. Là, se tenait debout un homme grand avec des yeux humides et cernés comme des huîtres vivantes. Il était habillé de noir et portait un col amidonné, du genre étrangle-moi-bien.

– Bonjour, mon Oncle. Je suis Touch.

– Essuie la boue de tes chaussures, dit le juge Wigglesforth d'une voix rapide et dédaigneuse. Tu vois bien le gratte-pieds, non ? L'utiliser n'est pas contre la loi. Ce n'est pas une étable ici.

– Oui, mon Oncle.

– Tu ne m'appelleras pas Oncle. Je suis juge pour toi comme pour les autres.

– Oui, Monsieur le Juge.

Touch racla la boue de ses chaussures et suivit le juge dans l'entrée. Presque immédiatement, Touch aperçut un long cache-nez marron accroché à un porte-manteau près de la porte. Il l'avait déjà vu quelque part et la tête commença à lui tourner. Otis Cratt était-il venu ici directement depuis la diligence?

— Si vous avez un visiteur, dit Touch, je reviendrai une autre fois.

— Je n'ai pas de visiteurs, répliqua le juge Wigglesforth. Voles-tu?

— Comment, Monsieur?

— Je n'ai jamais vu un garçon qui ne volait pas. Et sans aucun doute, tu blas-phèmes.

Touch sentit son dos se raidir. Son grand-oncle voulait l'intimider.

— Il m'est déjà arrivé de jurer, répondit fermement Touch.

– Sois prévenu, je te donnerai cinq sous d'amende par mot blasphématoire. Je suis le Livre des lois, des articles et des paragraphes!

– Oui, Monsieur.

– Ne perdons pas de temps. Je suppose que tu es venu chercher ton héritage.

Touch fut surpris, une énorme surprise: un héritage? Il ne savait pas qu'il en avait un. Mais d'une voix aussi naturelle que possible, il dit:

– Vous avez pénétré mes intentions, Monsieur le Juge. C'est pourquoi je suis venu.

Le juge se fendit d'un mince sourire.

– Sournois que tu es!

– Je ne savais pas que je l'étais, Monsieur, rétorqua froidement Touch.

– Ton père t'a-t-il dit que je lui avais

proposé de l'instruire dans l'étude du droit? De suivre mes propres traces!

— Non, Monsieur.

— Mais l'imbécile ingrat s'enfuit en mer, laissant à ma charge ses affaires. Et maintenant voici son mauvais garnement à ma porte. (Le juge soufflait comme une forge.) Ne t'attends pas à ce que je te prenne en pitié et mette un toit sur ta tête d'orphelin, ni te nourrisse jusqu'à ce que tu sois grand.

— Non, Monsieur, répliqua Touch, immensément soulagé.

— Je n'aurai pas un sale môme à ma charge.

— On ne peut vous en vouloir, dit Touch. Quelle poisse que d'avoir des enfants autour de soi! Puisque vous m'avez trouvé sournois et tout, je vais prendre ce que mon père m'a laissé et m'en aller.

– Ton héritage est dépensé.

– Pas par moi en tout cas, dit Touch rapidement.

– Ne sois pas insolent avec moi, le rembarra le juge. Je t'arrêterai pour avoir enfreint la loi.

– Quelle loi?

– Siffler le jour du Seigneur.

– Vous confondez les jours de la semaine. Nous ne sommes pas dimanche. Et la seule chose qui siffle est le vent. Autant arrêter Dieu le Père en personne.

Le vieil homme se carra face à lui.

– Cette fois-ci tu enfreins la loi pour de bon! en blasphémant le Seigneur!

Touch vit qu'il tombait dans un piège. La pensée du juge était entrecroisée comme une toile d'araignée, ainsi que l'avait dit le forgeron.

– Au tribunal, je te condamnerais à dix sous, dit le juge. Mais je suspendrais le verdict contre ta promesse solennelle de dire tes prières assidûment et de châtier ton langage.

Touch hocha la tête le plus discrètement possible et son grand-oncle alla fouiller dans des papiers posés sur un bureau. Pour la première fois, Touch contempla la pièce. Dans les dépotoirs qu'il avait déjà pu voir, il y avait moins de rebuts qu'il n'en voyait ici. Il y avait d'immenses piles de vieux journaux jaunissants et des boîtes et des tonneaux pleins de vaisselle ébréchée, des bougeoirs en étain, des parapluies et de vieux chapeaux hauts de forme tout poussiéreux. Touch ne pouvait deviner encore ce qu'il y avait derrière tout ça. Il était clair que le juge ne jetait jamais rien.

Une fois encore, le regard de Touch

tomba sur le cache-nez marron accroché dans l'entrée et, plus fort que jamais, le sentiment l'envahit qu'Otis Cratt attendait hors de sa vue. Qu'est-ce que le juge Wigglesforth pouvait bien avoir à faire avec ce pickpocket d'homme?

Touch se demanda s'il devait révéler ce qu'il avait vu dans la diligence. Mais il avait donné sa promesse solennelle de tenir sa langue et cela l'arrangeait bien de la tenir pour le moment.

– Signe ici, lui dit son grand-oncle, trempant une plume dans de l'encre.

Touch s'approcha du document étalé sur le bureau.

– Qu'est-ce que c'est, Monsieur?

– Le décompte précis et détaillé des biens matériels de ton père. Les dépenses funéraires, le remboursement des dettes et les dépenses légales.

— Mais mon père s'est perdu en mer, ça ne coûte pas un centime!

— Perdu en mer, en effet. Mais n'essaye pas de m'apprendre la loi de *corpus delicti* et les règles de *malitia praecogitata*. Signe ici, comme on te le dit.

Foutaise! pensa Touch. Il fabrique des nouvelles lois au fur et à mesure qu'il parle et il essaye de m'embrouiller les idées avec des mots impénétrables et durs comme du bois.

— Signe et finissons-en, dit le juge Wigglesforth impatiemment, en lui tendant la plume. J'ai des affaires urgentes dont je dois m'occuper. Ceci est un simple reçu pour clore ton compte, mon garçon, légalement et comme il le faut. Cela signifie que tu acceptes l'héritage en entier et que tu ne me réclameras plus rien:

– L'héritage? Vous avez dit qu'il était entièrement dépensé.

– Il y a une petite différence d'argent liquide en ta faveur. Et la montre en argent de ton père.

– Sa montre! (Touch sentit une irrésistible envie de posséder la montre de son père.) J'adorerais la voir, Monsieur.

Le juge fourra son nez dans les boîtes. Et, finalement, en remonta une chaîne avec une montre en argent suspendue au bout comme un poisson malchanceux. La montre avait cessé de tictaquer depuis des années. Mais Touch referma sa main dessus et son cœur se mit à battre à toute vitesse. Il eut l'impression dans un moment très émouvant de tenir la propre main de son père dans la sienne. Il sentit les larmes monter à ses yeux.

Mais alors qu'il ouvrait ses doigts pour remonter la montre, son regard croisa les initiales gravées au dos. Ce n'était pas les initiales de son père. Ça n'avait jamais été la montre de son père.

– Prends la plume, mon garçon, et signe. Et voici l'argent qu'il reste et qui t'est dû.

Touch fixa son grand-oncle. Le juge Wigglesforth commença à sortir des pièces de monnaie sur la table. Il les comptait à haute voix, une par une, comme si cela lui faisait de la peine de se séparer d'une seule de ces pièces d'argent.

– Le total est de trente-sept sous. C'est une grosse somme pour un garçon de ton âge.

La colère enflamma Touch. Son grand-oncle n'était pas seulement un rusé fripon mais un avare.

– Gardez ces misérables trente-sept centimes, ainsi que tout le reste laissé par mon père. Et je n'aurai pas besoin de cette montre. Je n'ai jamais vraiment eu besoin de connaître l'heure du jour.

Les yeux du juge lançaient des éclairs.

– Signe pour ce qui t'appartient!

– Non, Monsieur.

– Comment?

– Je choisis de ne pas mettre mon nom sur quoi que ce soit.

– Ne me contredis pas, Neveu, avertit le juge. Mets ton nom sur ce document ou j'en rédigerai un autre! Je te condamnerai à l'orphelinat!

– Il faudra d'abord que vous m'attrapiez, dit Touch, et il détala à toutes jambes vers la porte.

Chapitre 4
En fuite

Touch évita les escaliers et fonça à travers les bouleaux. Puis il s'arrêta pour reprendre son souffle et ses esprits. Pourquoi était-il aussi pressé qu'un tourbillon de vent? Son grand-oncle n'avait pas les jambes pour le rattraper.

Pour s'assurer que le juge ne le suivait pas, Touch grimpa à un arbre. Il resta un moment assis à regarder la maison. Il se sentait puissamment en sécurité là-haut sur ces branches humides, où personne ne penserait à le chercher. Il au-

rait aimé se cacher pour toujours et aban-
donner ce bas-monde à son triste sort.

Soudain, le bas-monde en question
chatouilla son regard. Derrière la maison
de son grand-oncle, il vit émerger un
homme. Un homme au visage protégé
du froid par un cache-nez. Un cache-nez
marron.

Otis Cratt s'éloignait à petits bonds
dans l'épaisse forêt, comme un loup re-
gagne son logis. Il s'arrêta une fois pour
se retourner et regarder la maison. Puis
il fourra une main dans la poche de son
pardessus et en retira une petite bourse
en cuir.

Il en desserra le lacet et vida le conte-
nu dans sa main. Trois ou quatre perles
en tombèrent, pour autant que Touch
pouvait les voir. Le butin de ses doigts
habiles, sans aucun doute, pensa-t-il.

Ou bien était-ce le grand-oncle qui lui avait donné la bourse? Enfin, ce n'était pas son problème. Il avait d'autres soucis en tête. Il n'aimait guère cette histoire d'orphelinat. Il s'était déjà enfui d'un orphelinat auparavant, lorsque sa mère avait été foudroyée par une fièvre hivernale. Il avait choisi de s'élever libre comme une voile, d'attraper n'importe quel vent de chance qui passait par là.

Otis Cratt était depuis longtemps hors de vue, quand Touch redescendit de son arbre et décida de se diriger vers l'Auberge du Corbeau Rouge. Il resta sous le couvert des bois, pour éviter d'être vu, puis se glissa le long de la grange et des étables de Sally et se faufila par la porte de la cuisine. Il appela doucement:

— Sally. Mademoiselle Sally. C'est moi, Touch.

Après un moment, elle apparut en haut des escaliers, emmitouflée dans un châle. Elle sembla s'épanouir à la vue du visiteur, comme une belle-de-jour s'ouvre au soleil.

— Entre te réchauffer, dit-elle.

— Je peux aiguiser vos couteaux, dit-il à toute vitesse. Je peux fendre du bois, ramoner la cheminée, planter un clou droit et faire plein d'autres choses.

Elle rit légèrement.

— Qu'est-ce que tu racontes? Je peux faire ces choses-là moi-même.

— Je n'ai aucun argent et j'ai besoin d'un endroit sûr où rester. Seulement jusqu'à ce que le juge Wigglesforth me croie parti. Il ne pensera jamais à venir me chercher ici logé comme un invité d'honneur.

— Le juge Wigglesforth!...

A ce nom, le sourire de Sally s'éteignit et Touch respira profondément.

– La vérité est qu'il est mon grand-oncle.

Touch vit le regard de Sally s'aiguiser et il se sentit soudain aussi bienvenu qu'une mauvaise herbe.

– Ça ne me plaît pas non plus, dit Touch. Je préférerais de loin être le cousin d'un serpent écrasé. Mais c'est comme ça. Il a rempli des papiers qu'il voulait me faire signer, mais j'ai refusé, alors maintenant il est plus furieux que le tonnerre.

Sally haussa les épaules, lasse.

– Il a une main faite pour manipuler les papiers. Il m'en a laissé un ici pour que je le signe. Le juge a l'intention de s'approprier l'Auberge du Corbeau Rouge. Il m'en offre de quoi m'acheter des chandelles.

– Ça ne me surprend pas, dit Touch. Mon grand-oncle est aussi radin qu'une chemise mouillée est étroite.

La voix de Sally s'amenuisa pour ne plus être que l'ombre d'un chuchotement.

– Monsieur Hobbs ne veut absolument pas que je signe cet acte de vente. Mais mes dettes s'accumulent et il y a ces horribles rumeurs sur...

Elle s'arrêta net.

– Je sais de quelles rumeurs il s'agit, murmura Touch. L'homme assassiné.

– Balivernes ! Personne n'a été assassiné ici.

– Bien sûr, Mademoiselle.

– L'homme a disparu comme s'évapore l'eau d'une bouilloire. Comme s'il était le diable en personne.

– Ça ne me fait pas peur une seconde, dit Touch. Je serais content de rester

sous votre toit, si vous me le permettez.
Mon grand-oncle a l'intention de m'éva-
cuer dans un orphelinat, mais pas s'il ne
m'attrape pas.

— Cet horrible orphelinat à Fallwater?
On n'y mettrait pas des rats!

— J'imagine qu'il abandonnera après
quelques jours et me considérera comme
perdu. Je pourrai alors m'esquiver.

— Je vais chercher Monsieur Hobbs.
Il saura quoi faire. (Puis Sally détourna le
regard.) Touch, ici est le dernier endroit
où tu seras en sécurité. A partir de ce
soir, l'Auberge du Corbeau Rouge ap-
partiendra à ton grand-oncle. Il n'y a
même pas une demi-heure, je me suis dé-
cidée à signer ses sales papiers.

Chapitre 5
Un endroit où se cacher

Touch attisa le feu et attendit. Quand il entendit du bruit dans la cour, il sut que c'était Sally de retour avec le forgeron. Mais quand il regarda par la fenêtre, il vit le juge Wigglesforth aux rênes d'un buggy noir.

Touch rapidement battit en retraite en haut des escaliers.

La clochette tinta alors que la porte s'ouvrait, et Touch put entendre des pas traverser le plancher de bois craquant.

— Hôtesse ! Où êtes-vous, ma fille ?

Le cœur de Touch battait comme un tambour dans ses oreilles. Cela lui semblait un pur miracle que son grand-oncle ne pût l'entendre. Mais en bas tout redevint silencieux. Touch s'enhardit à se glisser une marche plus bas pour jeter un œil dans la salle commune.

Son grand-oncle se tenait devant le feu, se réchauffant les mains comme s'il voulait absorber toute cette chaleur qui ne lui coûtait rien.

– Quel ballot! aboya le juge le nez dans le feu, et Touch pensa que c'était à son propre sujet qu'il devait grogner. Cette tête de bois de scélérat avide!

Non, c'était Otis Cratt qu'il avait en tête. Et sa tête, pensa Touch, était considérablement hérissée.

– Se pointer à ma porte! continua de ruminer le juge. Pour une autre avance, s'il vous plaît! J'aurais dû écrire à cet idiot maladroit de revenir plus tard. Il n'aura même pas l'idée de se cacher jusqu'à ce que j'aie besoin de lui!

La clochette au-dessus de la porte retentit à nouveau et le forgeron entra à grandes enjambées, suivi de Sally emmitouflée dans son châle. Monsieur Hobbs, encore dans son tablier de cuir, fut à l'évidence surpris de trouver le juge à la place de Touch près du feu.

– Bonjour, Monsieur le Juge, dit le forgeron.

– Bon jour... ça, c'est une question d'opinion. (Le juge tourna ses yeux à l'aspect d'huîtres vers Sally.) Ma patience a des limites, Mademoiselle Hoskins. Avez-vous signé les papiers? L'acte de vente?

– Non, elle ne l'a pas fait, déclara le forgeron.

— La fille peut parler pour elle-même, le rembarra le juge Wigglesforth.

Le forgeron s'enflamma.

— Vous essayez d'acheter l'Auberge du Corbeau Rouge pour le prix d'une cage à poules.

— On ne lui offrira pas mieux. Cette auberge a la peste. Je suis même bien charitable d'en offrir quelque chose !

— Quand vous parlez de charité, Monsieur le Juge, même les chiens et les chats courent se mettre à l'abri. Sally n'est pas prête à vendre.

Et d'une petite voix, Sally ajouta :

— Peut-être ai-je besoin d'un peu plus de temps pour réfléchir.

— Vous avez eu des semaines, ma fille. Décidez-vous, c'est oui ou c'est non. J'ai des affaires plus urgentes à régler. Si je n'ai pas votre signature d'ici à demain, vous ne me reverrez pas. Je retirerai mon offre.

– Cela serait très charitable de votre part, dit le forgeron. Au revoir, Monsieur le Juge.

Touch regarda son grand-oncle rentrer le cou dans ses épaules et prendre la porte, sa queue-de-pie volant dans le courant d'air. La clochette laissa flotter un joyeux tintement et le forgeron éclata de rire.

– Mais mon cher Monsieur Hobbs, dit Sally, je ne peux pas vous laisser continuer à rembourser les dettes du Corbeau Rouge.

Touch se rappela la chaîne sans montre du forgeron. Il se demanda si Monsieur Hobbs n'avait pas quitté le village pour aller vendre ses biens, en cachette de Sally.

– Des dettes de rien du tout, dit Monsieur Hobbs, effaçant le problème d'un geste de la main. C'est ici que vous êtes née et avez grandi. Je n'ai pas l'intention de laisser cet infernal fripon s'en emparer. (Puis il ajouta:) Maintenant que vous les avez signés, jetez ces papiers au feu.

– L'auberge sera mieux fermée et vendue, murmura Sally.

– Et voilà où vous êtes mystifiée, dit le forgeron. Pourquoi ce vieux grippe-sous est-il si anxieux de mettre la main sur une auberge si elle a la peste, pour reprendre ses propres mots? Ah! Touch! Te voilà! Que se passe-t-il entre toi et ton grand-oncle?

Touch expliqua l'histoire de son héritage inattendu, avec toutes les dépenses énormes qui avaient été faites dessus.

– Il reste trente-sept sous, ne vous en

déplaise! hurla Monsieur Hobbs. C'est moins que de la boue, cet homme! Trente-sept sous! Tu as eu raison de ne rien signer. S'il était aussi anxieux d'obtenir ton nom sur un document, c'est qu'il doit y avoir là-dessous bien plus qu'œil ne peut voir.

– C'est l'orphelinat qui m'inquiète, Monsieur, déclara Touch.

– Tu peux choisir une chambre et passer la nuit, dit gaiement Sally.

– Mais ne t'imagine pas qu'il te sera si facile d'échapper à ton grand-oncle maintenant que tu es là, lança le forgeron. Est-il ton seul parent encore vivant et respirant?

– Oui, Monsieur.

– Dans ce cas, j'imagine que c'est en son pouvoir de te mettre à l'orphelinat. Il vérifiera toutes les diligences pour voir si tu ne t'es pas envolé du village. Mon gars, il va te coller comme un hameçon jusqu'à pouvoir légalement t'escroquer de ce qui te revient.

Touch hésita.

– Cela retomberait-il durement sur Mademoiselle Sally s'il découvrait que j'étais replié ici?

– Héberger un garçon en fugue? grommela le forgeron. S'il n'y a pas une loi contre, ton grand-oncle en créera une. Tu peux compter sur lui!

Chapitre 6
Une botte de paille

Après que le forgeron fut parti, Sally fit du thé et s'assit pour bavarder avec Touch dans le petit salon du haut. Le soleil ruisselait à travers les fenêtres, jaune comme le beurre, et ils devisaient joyeusement pour dissiper leur tristesse.

Touch parla de son père qui avait une fois navigué vers les lointaines îles du Pacifique et avait vu des poissons qui volaient dans l'air.

– Dans l'air! s'écria Sally en riant. Comme des moineaux? Je ne le crois pas!

– C'est pourtant la stricte vérité, s'exclama Touch.

Après un moment, il se dit qu'il aurait dû avoir plus de bon sens et ne pas
revenir au Corbeau Rouge. Et s'il était
vraiment un Jonas? Il créerait des ennuis
à Sally en lui faisant abriter un garçon en
fugue. S'il avait eu un cheval, il aurait
disparu en un clin d'œil.

Il demanda soudain:

– Comment croyez-vous que le
Grand Chaffalo transformait de la paille
en cheval?

– C'était un magicien! Les magiciens
ne se racontent pas!

– Etaient-ce de vrais chevaux?

Elle rit légèrement.

– Suffisamment vrais pour mordre.

– En avez-vous jamais vu un?

Elle hocha la tête.

— A un défilé du 4 Juillet quand j'étais petite. Un cheval marchant haut et fier apparut à la fin, tout orné de drapeaux. Il n'y avait pas de cavalier sur son dos. Mon père m'a dit que c'était le travail du Grand Chaffalo, qui continuait à s'entraîner.

— Comment pouvait-il en être sûr?

— C'était un étalon bai, exactement comme celui de l'affiche en bas.

Touch se pencha en avant avec beaucoup de gravité.

— Où est la maison d'été du Grand Chaffalo?

— Juste après le pont couvert, répliqua Sally, il y a un chemin qui part à l'est. Tu ne penses pas y aller, Touch? Les gens ont vu des chiens sauvages par là-bas.

— Faut que j'y aille. Vous n'avez pas

jeté le papier dans le feu, comme Monsieur Hobbs l'avait dit. Je ne peux pas rester ici.

Elle se leva et resta debout à regarder par la fenêtre, comme pour éviter de regarder le document du juge plié sous le bougeoir posé sur la table.

– Non, finit-elle par dire. Je ne vais pas le jeter dans le feu.

Touch attendit un long moment. Puis il murmura :

– Mademoiselle Sally, me donneriez-vous une botte de paille de l'étable ?

Chapitre 7
Un homme à la fenêtre

L e pont couvert dégageait des traînées de vapeur sous le soleil de plus en plus chaud. Touch ne lui accorda qu'un coup d'œil et rapidement suivit un étroit chemin vert qui s'enfonçait dans les bois. Portant une botte de paille fraîche sur son épaule, il veillait à ne pas rencontrer de chiens sauvages.

Enfin, il aperçut une grande maison avec un toit couvert de bardeaux, aussi plein de trous qu'une chemise mangée aux mites. Un fauteuil à bascule, lourd de poussière, était immobile sous la véranda. Des mauvaises herbes fusaient entre les planches du sol et le lierre sortait des cheminées. Touch considéra l'habitation du Grand Chaffalo et jeta la paille par terre.

— Monsieur le Grand Chaffalo! appela-t-il. Je m'appelle Touch et j'ai apporté une botte de paille. Je vous serais très reconnaissant si vous pouviez la transformer en un cheval.

Tout près, les grandes herbes grincèrent un peu dans la brise. Mais ce fut tout.

Il ramassa la paille et se hâta vers l'arrière de la maison, passant devant des fenêtres brisées.

— Etes-vous là, Monsieur Chaffalo? C'est moi, Touch. Je suis horriblement pressé. Mon grand-oncle a l'intention de m'envoyer dans un orphelinat mais ça ne m'emballe pas vraiment. Je ne demande pas un beau cheval à l'allure fière, Monsieur, simplement quatre pattes feront l'affaire, du moment qu'il n'y en a pas une de boiteuse. Je vous serais bien reconnaissant... Monsieur Grand Chaffalo.

Non découragé, Touch ramena sa botte de paille sur le devant de la maison pour essayer à nouveau. Et il remarqua que le fauteuil à bascule tanguait comme si quelqu'un venait de se lever.

Les cheveux de Touch se raidirent comme des épingles. Mais il était déterminé à ne pas avoir peur. Il reprit sa respiration.

– Vous étiez en train de somnoler, je ne voudrais pas vous importuner, Monsieur. Peut-être avez-vous entendu parler de mon grand-oncle? Le juge Wigglesforth? Une scie à ruban n'est pas plus méchante. Je sais que je ne vaux peut-être pas grand-chose comme garçon, mais je ne suis pas sournois, comme il le dit. J'espère que vous pouvez voir ça, Grand Chaffalo.

Soudain, Touch eut l'impression de sentir une paire d'yeux qui le regardait. Les yeux de l'affiche! pensa-t-il. Et l'espoir dans son cœur fit un bond en avant.

– J'ai l'intention de galoper à travers les bois jusqu'à être hors d'atteinte, Monsieur, il ne saura pas où me trouver. Je vous serais éternellement reconnaissant si vous m'honoriez d'un cheval.

Un grognement sortit des hautes herbes. Ce n'était pas un cheval. C'était un minable chien sauvage, ses dents ressemblaient à des clous rouillés. Il fonçait droit sur Touch, qui commença à grimper à une colonne de la véranda, mais il savait que le chien allait planter ses crocs dans sa jambe. Alors, il entendit un claquement de doigts et une voix dans l'air.

– Holà-Oh!

La botte de paille se changea en cheval.

Touch n'eut pas le temps d'avoir un hoquet de surprise. Il sauta sur le dos du cheval. L'animal tournoya et rua des pattes arrière. Le chien sauvage se jeta de côté avec un jappement de chien battu, et disparut dans les hautes herbes et le paysage boisé.

Touch reprit sa respiration. Il risqua un coup d'œil par une fenêtre cassée et vit un visage. Le visage du Grand Chaffalo.

– Vous m'avez sauvé, c'est chose sûre, déclara Touch, le cœur battant encore à toute vitesse. Je vous en suis très reconnaissant, Monsieur. Et je vous remercie pour le cheval.

Pour la première fois, Touch regarda l'étalon haut sur pattes qui était sous lui. Il était couleur baie avec une crinière d'or et une peau douce comme de la soie de Chine.

– C'est bien plus que je n'espérais, Monsieur! s'exclama Touch. Un cheval de labour aurait fait l'affaire. Celui-ci doit être le plus beau cheval qui ait jamais été à la face du soleil.

– Il l'est, acquiesça le Grand Chaffalo avec un air de fierté. Encore que... J'aurais pu faire un peu mieux avec la queue! Je manque d'entraînement.

Touch était sidéré.

– Je ne sais vraiment pas comment vous y arrivez, Monsieur!

– Un peu de paille et une touche de minuit, nota le Grand Chaffalo avec un sourire hautain. Un secret qui m'a été donné par l'Homme Holà-Oh de la Forêt-Noire. Un camarade escroc.

Et Touch dit :

– J'étais dans la diligence tôt ce matin quand vous avez sauté sur le toit.

– J'aime me dégourdir les jambes de temps à autre. T'ai-je fait peur ?

– Non, Monsieur. Pas exactement. Il est vrai que j'étais d'une curiosité sans bornes, je n'avais jamais vu un fantôme.

– Un fantôme ! Je n'ai jamais hanté quoi que ce soit. Je considère ça comme une calomnie. Ai-je l'air d'une fragile traînée de fumée ?

– Non, Monsieur. Vous avez l'air grand comme la vie.

– Plus grand ! déclara le Grand Chaf-

falo avec un sévère haussement du sour-
cil.

– Bien entendu, Monsieur, dit Touch
qui commençait à devenir un peu ner-
veux.

Le magicien continuait à le transper-
cer de ses yeux noirs comme dans l'affiche.

– Tu dois jurer de ne dire à personne comment tu as eu ce cheval, dit le
Grand Chaffalo. Je ne veux pas voir rap-
pliquer tous les garçons de ferme avec
une botte de paille.

– Je le jure, Monsieur.

– Vas-y, Touch.

Et déjà le Grand Chaffalo avait disparu, avec un claquement de ses longs
doigts.

Touch traîna un moment. Puis il frappa doucement des talons les flancs du che-

val et démarra. Il n'arrivait pas à se dé-
faire de la sensation que des yeux le scru-
taient encore.

Il se retourna pour jeter un coup d'œil
derrière lui. Et il vit un visage se déro-
ber derrière les arbres. Ses yeux perçu-
rent au vol la queue d'un cache-nez mar-
ronnasse. Otis Cratt. Touch haussa les
épaules et poursuivit son chemin.

Chapitre 8
Le shérif

Sur le chemin du retour vers le village, Touch évita la route le long de la rivière et resta dans les bois. Il ressentait une ardente fierté à posséder ce puissant étalon à l'allure haute. Il n'avait jamais rien possédé d'autre que son ombre. Il rêvait de pouvoir montrer le cheval à Sally et à Monsieur Hobbs, mais il ne le pouvait pas car il avait donné sa parole au Grand Chaffalo. Il prendrait juste un instant pour dire au revoir et s'en irait.

Il cacha le cheval aussi bien qu'il le put sous l'épais feuillage d'un châtaignier. Sois prudent, se dit-il, ne laisse pas ton grand-oncle entr'apercevoir le cheval. Le juge penserait que tu l'as volé et t'accablerait des foudres de la loi.

Sally était quelque part aux alentours de l'Auberge du Corbeau Rouge, mais Touch n'arrivait pas à la trouver. Il griffonna un petit mot lui promettant de ne jamais l'oublier et le laissa sous le bougeoir dans le petit salon du haut. Il était désolé de voir que l'acte de vente était encore là.

Il suivit la rue, passa devant le bazar et la banque qui n'avait qu'une seule pièce, puis atteignit la cour du forgeron. A l'aide d'un soufflet, Monsieur Hobbs envoyait de grandes bouffées d'air dans le fourneau.

– J'ai décidé de courir pendant que je le pouvais, dit Touch.

– A pied? Tu n'iras pas loin.

– Ne vous inquiétez pas pour moi, Monsieur. J'ai déjà été dans un pétrin pire que ça.

Le forgeron tendit une main et Touch la lui serra.

– Tu sais ce que tu as à faire. Ta présence nous manquera à Sally et à moi.

Touch hésita, sentant qu'il était au bord de trahir son secret.

– Sally n'a pas l'intention de jeter ces papiers dans le feu, Monsieur. A coup sûr elle va vendre le Corbeau Rouge à mon grand-oncle.

Le forgeron poussa un soupir las.

– Sally aussi sait ce qu'elle a à faire. Bonne chance à toi, Touch.

Les mains dans les poches, Touch marcha dans la rue d'un pas tranquille comme s'il n'avait rien de mieux à faire. Il croisa un homme sur un cheval gris qui entrait dans le village. Le grand chapeau mou de l'homme était encore humide de la pluie de la nuit. Il avait le regard fixe d'un aigle et l'étoile d'un shérif accrochée à son manteau. Il adressa à Touch un sympathique hochement de tête et attacha sa monture devant le bazar.

Touch continua son chemin.

Une fois sous les arbres, il leva haut les pieds et fila vers l'étalon.

Quand il atteignit le châtaignier, son cœur s'arrêta de battre.

Là où il y avait eu un cheval, il y avait maintenant une botte de paille.

Chapitre 9
Suivi

Touch se sentit trahi. Une montre se mit à carillonner et il foudroya du regard les branches hautes de l'arbre. Dans de longues bottes de cuir, le Grand Chaffalo se tenait debout sur une branche, un bâton de marche coincé sous le bras.

– C'est méchant et trompeur! s'exclama Touch.

– Bien sûr que ça l'est, dit le Grand Chaffalo. Je suis pour un peu de malice de temps à autre.

– J'ai tenu parole! Je n'ai rien dit sur

vous à qui que ce soit. Et vous avez re-
transformé le cheval en paille!

Le regard du Grand Chaffalo tomba
droit comme un fil à plomb.

– Cette sale paille à l'odeur répu-
gnante? Tu me diffames encore une fois!

Pour la première fois, Touch remarqua que la paille était humide et moisie.
Ce n'était pas la même botte de paille
qu'il avait apportée de l'auberge.

– Quelqu'un aurait-il volé le cheval
et déposé à la place cette paille puante?

– Quelqu'un de très méchant et trompeur.

– Otis Cratt!

– Est-ce le nom de ce type? murmura
le Grand Chaffalo.

– Il m'a suivi!

– Comme la queue suit le chien.

– J'étais sûr que c'était lui que j'avais

vu caché près de votre maison d'été, s'exclama Touch.

– Et ce n'est pas la première fois. L'homme a encore emménagé sans y être invité. Je dois faire quelque chose.

– Pourquoi l'avez-vous laissé partir avec mon cheval? demanda Touch hérissé.

– Il avait besoin d'être ferré. Je doute que tu aies de l'argent à dépenser pour ça. (Du haut de son arbre, le Grand Chaffalo rit doucement.) Je le vois maintenant qui sort de chez le forgeron. Tiens donc, voyez moi ça! Quelque chose lui a fait peur. Il est devenu blanc comme de l'amidon. Il chevauche vers ici. Attends sur cette souche, là. Il était voué à revenir chercher un garçon malin comme toi.

– Malin? demanda Touch, soudain perplexe.

Mais avant même d'avoir répondu, le Grand Chaffalo s'était escamoté.

Chapitre 10
Otis Cratt

Dans son manteau en loques avec des poches profondes comme des tombes, Otis Cratt fonçait vers les bois. Il lança un rapide coup d'œil derrière lui et se rangea près du châtaignier.

Touch darda son regard sur lui.

La figure du pickpocket était toujours enveloppée à la façon d'une momie par un cache-nez marron. Comme s'il ne pouvait pas supporter le moindre petit courant d'air, pensa Touch. Ou bien est-il en train de fuir la loi ?

Toute la nuit dans la diligence, il n'avait cessé de jeter de furtifs coups d'œil derrière lui. Touch commençait à comprendre ce qui, dans le village, avait déclenché une telle peur chez Otis Cratt. Il avait dû apercevoir l'homme au grand chapeau mou trempé, le shérif qui lui collait aux talons comme de la boue.

Les deux trous noirs en guise d'yeux du pickpocket se fendirent d'un sourire.

— Comment ça va-ti, p'tit?

— Vous avez volé mon cheval!

— Bien sûr que je l'ai volé, répliqua Otis Cratt d'une voix rude et étouffée. Tu peux en refaire un autre à ta convenance.

— Qu'est-ce que vous racontez?

— Je t'ai espionné en train de faire celui-ci.

— Moi? Non, Monsieur, vous ne

m'avez pas vu faire ça, s'exclama Touch.

— Malin comme un singe, tu es! Cette botte de foin s'est transformée d'un bond en cette somptueuse bête. Je t'ai regardé le faire de mes propres yeux, toi tout juste un pauvre garçon de rien du tout!

Un éclair de surprise frappa Touch. Otis Cratt n'avait-il pas vu le Grand Chaffalo au travers de la fenêtre cassée? Feux et fureurs! Il croyait que Touch lui-même détenait la magie.

— Vous n'êtes pas seulement un ordinaire voleur de chevaux, déclara Touch, vous avez l'esprit troublé. Je ne peux rien faire de la sorte et je vous serais fort obligé de bien vouloir descendre de mon cheval.

Otis Cratt jeta un petit rire craquant.

— Je sais que tu n'as pas l'intention de

confesser que tu es un de ces sorciers et magiciens. C'est dans l'ordre des choses, n'est-ce pas? Mais tu peux faire tous les tours de passe-passe que tu veux...

– Non, je ne peux pas.

Otis Cratt se pencha en avant et chuchota:

– Rends-moi invisible.

– Quoi?

– Rends-moi transparent comme l'air!

Touch jeta un coup d'œil vers le haut des arbres, mais le Grand Chaffalo l'avait laissé se débrouiller seul.

– Vous feriez aussi bien de descendre de mon cheval, dit-il. Je ne ferai aucune magie d'aucune sorte.

– Dès que je serai invisible, je n'aurai plus besoin d'un cheval. Tu pourras l'avoir.

Touch respira profondément. Il éva-
lua ce que l'homme avait dans la tête.
Une fois invisible, Otis Cratt pourrait
filer sous le nez du shérif, la tête haute.

— Marché conclu? demanda Otis Cratt.

Et Touch perçut un moyen de faire
descendre l'homme de son étalon.

— Si vous promettez de n'en dire à
personne le secret.

— Je n'ai encore jamais manqué à ma
parole, murmura Otis Cratt.

Touch apprécia l'énormité du men-
songe en l'entendant. Il se racla la gorge
et parla d'un ton solennel.

— Vous aurez besoin d'une feuille de
chêne à piquer dans votre chapeau, dit-
il. La plus haute de toutes les feuilles. Elle
est magique, Monsieur. Grimpez à cet
arbre là-bas et cueillez la plus haute feuille.

Elle vous rendra transparent comme l'air.

Otis Cratt rit doucement dans sa barbe, comme un chat qui ronronne.

– Je ne suis pas né pour qu'un garçon de rien du tout me joue des mauvais tours. Dès que je serai là-haut dans l'arbre, tu t'en iras au galop. J'attendrai ici pendant que tu iras chercher la plus haute de ces feuilles.

Touch essaya de dissimuler sa déception derrière un sourire.

– Je l'admets, cette pensée m'a traversé l'esprit. Attendez ici.

Touch n'avait rien à faire d'autre qu'à grimper à l'arbre et espérer qu'il tomberait nez à nez avec le Grand Chaffalo. Mais le magicien l'abandonnait à son propre sort.

– Tu vois quelqu'un de là-haut? lança Otis Cratt.

Touch pouvait voir son grand-oncle fulminant et houspillant Sally au milieu de la route.

— Vous cherchez quelqu'un en particulier, Monsieur?

— Tu vois un homme avec un grand chapeau mou et humide?

— Sûr que je le vois. Il y a aussi le juge Wigglesforth, très sévère avec les voleurs de chevaux.

— Dépêche-toi avec ta feuille de chêne!

Quand Touch redescendit à terre, il avança confiant. Si Otis Cratt était voué à être un imbécile à la tête creuse, Touch se sentait obligé de l'aider.

— La voilà, Monsieur.

Otis Cratt planta la feuille de chêne dans le ruban de son chapeau.

— Holà-Oh! dit Touch.

Et le voleur de chevaux demanda :

— Suis-je devenu invisible ?

— Que je sois pendu si vous ne l'êtes pas.

— Mais je peux encore me voir, bras et jambes.

— Bien sûr que vous pouvez, répliqua Touch, mais personne d'autre ne peut, personne d'autre.

Juste à ce moment, Touch entendit un claquement de doigts. Un instant plus tard, une colombe fonça droit dans la poitrine d'Otis Cratt.

— Voyez ça, déclara Touch, même les oiseaux ne peuvent pas vous repérer. Vous êtes transparent comme l'air.

Soudain, Otis Cratt farfouilla dans les poches profondes de son manteau et en tira une petite bourse de cuir. Il desserra le lacet et fit glisser dans sa main les trois ou quatre perles brillantes que Touch avait déjà vues.

— As-tu aussi rendu celles-là invisibles?

Touch prétendit ne rien voir.

— Quoi, Monsieur?

— Ces perles des îles du Pacifique! Tu ne les vois pas!

La surprise étrangla Touch. Son père avait une fois navigué dans les îles du Pacifique! Et les perles provenaient de la maison de son grand-oncle. Appartenaient-elles légitimement à Touch?

Enfin, il dit:

— Non, Monsieur. Je ne peux pas plus les voir que l'air lui-même. Elles étaient sans valeur, j'espère.

— Espèce d'idiot! Ces perles ont plus de valeur que leur poids en or! Comment vais-je pouvoir les vendre si elles sont invisibles?

– Ça sera diablement difficile, dit Touch. Des perles des îles du Pacifique venues jusqu'ici de si loin! Imaginez-vous ça!

– Retransforme-les, qu'elles brillent à nouveau! grommela Otis Cratt.

– C'est au-delà de mes capacités, Monsieur. (Et Touch entreprit d'offrir la meilleure brochette d'absurdités qu'il pouvait trouver:) Les pierres restent prises dans le sortilège. Elles ne peuvent pas en sortir comme les hommes et les chevaux le peuvent. D'ici à demain vous brillerez comme un sou neuf. Mais je pense que les perles ne valent plus un clou.

Otis Cratt s'immobilisa, puis éclata de rire. Il jeta les perles dans les feuilles.

– Une quantité négligeable. Il y en a beaucoup plus là d'où elles viennent et j'irai les chercher. Un sac plein! Chacune d'entre elles brillante comme l'étoile du matin. Et ne va pas faire disparaître leur brillance.

— Non, Monsieur, marmonna Touch.

Il n'y avait aucun doute dans son esprit que c'était un trésor que son père avait laissé à la garde du juge. C'était pour un sac de perles que son grand-oncle avait essayé de lui embrouiller l'esprit et de le faire signer!

— Je vais reprendre l'étalon, dit Touch, vous avez donné votre parole.

Otis Cratt ricana sous cape. Il abaissa le cache-nez autour de son cou, comme s'il pouvait enfin respirer maintenant qu'il était devenu invisible.

— Il y a là un tas de paille. Fais-toi un autre cheval.

Pour la première fois, Touch vit en

entier l'étonnant spectacle du visage d'Otis Cratt.

Toutes ses dents étaient en or.

Chapitre 11
Le papier brûlé

Touch était trop abasourdi pour bouger. Donnant au cheval un coup de talon, Otis Cratt s'en alla vers le village.

C'est lui! pensa Touch. L'homme aux dents d'or! L'homme qui avait disparu comme une traînée de fumée de l'Auberge du Corbeau Rouge. Il n'a pas été assassiné! Il est bien vivant, sautillant et bondissant chez le juge.

Touch, quand il retrouva ses jambes, laissa les perles dispersées dans les feuilles (elles se garderont bien toutes seules) et il fila comme un zèbre bleu en direction du village.

Cela lui sembla une éternité avant que l'Auberge du Corbeau Rouge n'apparût. Sally n'était plus dans la rue et son grand-oncle ne fulminait plus en la houspillant. Mais son buggy noir était là, accroché à la barre d'attache.

– Sally!

Touch hurla de toutes ses forces, espérant que ce n'était pas trop tard.

Il claqua la porte grande ouverte de l'auberge et rencontra le regard fixe et farouche du juge Wigglesforth.

– Sors d'ici! aboya le juge, j'ai des affaires à régler!

A cet instant, Sally arriva, descendant l'escalier d'un pas léger, un document plié dans sa main tendue.

– Le Corbeau Rouge est vôtre, Mon-

sieur le Juge, murmura-t-elle. Vous trou-
verez ma signature sur l'acte de vente
comme vous l'avez ordonné.

— Sally, attendez! cria Touch. L'homme n'a pas été assassiné! Il est vivant!

— Inepties! explosa le juge tendant la
main pour attraper le document.

Touch saisit le papier de la main de
Sally et s'envola par la porte.

— Arrête-toi, voleur! beugla le juge
Wigglesforth.

Son cœur battant à la folie, Touch
courait vers la grange du forgeron. Monsieur Hobbs se détourna d'un cheval pom-
melé qu'il était en train d'atteler à une
charrette.

— Touch! On dirait que la mort en
personne te poursuit!

Le juge Wigglesforth entra en trombe
dans la grange, suivi de près par Sally.

Touch atteignit la forge et jeta le document dans le feu. Les flammes s'élevè-
rent comme des griffes pour se saisir du
papier et le noircir et le réduire en
cendres.

— Touche-à-tout et voleur! hurla le juge.
Il me l'a pris des mains! J'ai envoyé des
hommes à la potence pour moins que ça!

— C'étaient mes mains, rectifia Sally en
jetant un coup d'œil rassurant à Touch.

Le juge renifla un grand coup et retrouva rapidement ses manières rusées.

— Je vais rédiger un autre acte de vente.

— Ça n'arrangera rien, déclara Touch
avec audace. Il n'y a pas eu de meurtre
au Corbeau Rouge. L'homme qui avait
disparu est revenu.

— Arrête de dire des bêtises, avertit le
juge.

– Il s'appelle Otis Cratt!

Les sourcils du forgeron firent un bond.

– Ce type-là au nez enterré dans un cache-nez?

– Pour couvrir ses dents! Et c'est mon grand-oncle qui l'a fait revenir.

– Quelle sorte de calomnie est ceci? dit le juge, le visage gonflé de colère.

Juste à ce moment parvint une voix familière poussant des cris dans la rue.

– Otis Cratt! dit Touch. Voyez par vous-même!

Chapitre 12
L'homme invisible

– Ohé, ohé! Régalez-vous les yeux!
La feuille de chêne piquée dans le
ruban de son chapeau, Otis Cratt par-
courait la rue à cheval comme un géné-
ral à la parade.

– Bonjour, M'dame! dit-il à une fem-
me sur son chemin, en soulevant poli-
ment son chapeau. N'avez-vous jamais vu
un fantôme à cheval?

Touch vit que les poches de son par-
dessus étaient ballonnées d'un nouveau
butin. Otis Cratt avait dû parcourir la

maison du juge, s'emparant du trésor de perles et de tout ce qui attirait son regard.

Fier comme Artaban, Otis Cratt poursuivait son chemin.

– Toi! Pourquoi restes-tu bouche bée, fermier pouilleux? Debout et au travail! Envoie le fric si tu en as!

Sa bouche pleine de dents en or étincelait au soleil. Le juge lâcha un bref et terrible grognement et rejoignit son buggy. Sally semblait stupéfaite.

– C'est lui, Monsieur Hobbs! C'est lui!

– Et quelqu'un a dû laisser échapper l'air de sa baudruche de tête! dit le forgeron.

Touch se mit à courir. C'est à lui qu'avait été donné l'étalon à la fière allure et il détestait voir ce scélérat crâneur sur son dos. Dès qu'Otis Cratt reprendrait ses esprits et éperonnerait sa monture, personne ne pourrait plus le rattraper. Le beau cheval bai serait perdu à jamais.

– Où êtes-vous shérif? dit Otis Cratt d'un rire fanfaron. J'ai le coup de votre vie! On ne peut pas attraper ce qu'on ne voit pas. Je suis devenu invisible! Transparent comme l'air!

Dans son buggy, le juge Wigglesforth fonça sur lui comme une tornade.

– Eh, vous là dans la banque! cria Otis Cratt en descendant de l'étalon. J'ai des poches profondes! Vous ne m'en voudrez pas si je me sers.

Le juge agitait son fouet de cocher comme une matraque.

– Toi, balourd à la tête fêlée! Sors d'ici!

Otis Cratt se retourna.

— Comment ça va-ti, Juge ? Non, Monsieur ! Je n'ai plus à exécuter vos ordres.

Le fouet s'abattit en sifflant et Otis Cratt sauta derrière l'étalon pour se mettre à l'abri.

— Recule, Juge !

— Chien galeux ! dit le juge. Couvre-toi le visage ! Va-t'en ! Tu n'es pas plus invisible qu'un arbre !

— J'ai reçu un charme !

— On t'a trompé !

Les hurlements avaient ameuté les villageois. Les premiers murmures se transformaient maintenant en cris.

— L'homme aux dents d'or !

— C'est lui ! L'homme disparu !

— Ses os ne sont pas enterrés sous le Corbeau Rouge !

— Regardez ses fameuses dents ! Il n'a pas été assassiné !

Touch atteignit l'étalon du côté dé-
gagé et bondit sur son dos. Au même
moment, Otis Cratt, pour échapper au
fouet, le monta par la gauche.

– Garçon! explosa Otis Cratt, tu t'es
moqué de moi! Je te tordrai le cou!

Mais le fouet claquait tout autour de
lui comme des pétards, et Otis Cratt planta ses talons dans le cheval.

L'étalon décampa et Touch s'agrippa
à son cou. Quand il se retourna, il vit
des hommes qui couraient et lançaient des
pierres.

Le juge suivait dans son buggy, comme s'il voulait fouetter Otis Cratt jusque
dans sa tombe. Pas loin derrière arrivait
Monsieur Hobbs dans sa charrette, Sally
assise à côté de lui.

Le cheval filait sur la route le long de
la rivière. Touch était collé à lui comme

de la peinture. Il espérait qu'une branche basse faucherait Otis Cratt. Il pouvait entendre le tintement des poches d'Otis Cratt comme si les couteaux et fourchettes en argent du juge y étaient entassés avec les perles.

L'étalon laissait le buggy noir loin derrière lui. Le pont couvert était tout proche.

Touch sentit les mains aux longs doigts d'Otis Cratt se refermer sur son cou.

– Transparent comme l'air, j'étais? Je vais tordre ton cou de poulet d'une seule main!

– Vous vous êtes piégé vous-même! dit Touch. Je voulais seulement reprendre mon cheval!

Soudain, les mains disparurent de son cou. Otis Cratt empoigna la crinière de l'étalon à pleines mains et tira en arrière. Touch avala une grande bouffée d'air.

Devant eux, sur l'étroit chemin de la maison d'été du Grand Chaffalo, apparut le shérif avec son chapeau mou.

– Dents d'or! hurla-t-il, et il lança son cheval au galop.

Otis Cratt fit virevolter l'étalon et regagna la route. Et là-bas devant, le juge Wigglesforth chargeait, son fouet de cocher zébrant l'air, suivi de près par Monsieur Hobbs.

Otis Cratt tourna dans les arbres vers la rivière toute blanche de remous. Touch ressentit une puissante secousse à la nuque, puis se sentit jeté à terre comme un bagage de trop.

Touch se releva et resta debout un moment. D'un coup il pouvait voir ce qui allait se passer. Otis Cratt avait allégé la charge de sa monture. Il allait essayer de sauter d'un bord de la rivière à l'autre sur ce bel étalon à l'allure fière.

– Vous allez lui casser les pattes! cria Touch désespérément.

Touch se précipita. Il entr'aperçut au loin son grand-oncle qui dirigeait son buggy vers les arbres et se retournait. Il continua à courir. Il avait besoin de jeter un dernier regard sur le cheval qui avait une fois été le sien, ce cheval plus beau qu'un coucher de soleil.

Il trébucha sur le pardessus en lambeaux. Otis Cratt l'avait ôté à cause de ses lourdes poches.

– Aucun cheval ne peut faire un saut pareil! hurla Touch en clignant des paupières pour faire tomber ses larmes.

Il entendit l'étalon hennir. Touch dépassa un autre arbre et aperçut Otis Cratt bondissant du haut bord de la rivière.

– Holà-Oh!

En l'air, l'étalon bai se transforma en une poignée de paille dans le vent.

Bras et jambes écartés, Otis Cratt s'écroula dans la rivière.

Touch renifla dans un éclat de rire. Il aurait bien dû savoir qu'il n'avait pas à se tourmenter pour l'étalon! Il jeta un regard vers le haut de l'arbre et vit le Grand Chaffalo. Le magicien souriait avec les mêmes yeux noirs que dans l'affiche. Il souleva son chapeau et soudain disparut dans un carillon de montre.

Chapitre 13
Magie noire

Le shérif descendit à la rivière et retira Otis Cratt de l'eau comme une truite palpitante.

Touch entrevit au loin des villageois qui regardaient, massés le long de la rivière. Son grand-oncle était de nouveau sur pied, il pointait son fouet et conseillait au shérif de laisser le fripon se noyer, clair et net. Il était arrivé trop tard pour voir le cheval se transformer en paille.

Tout le monde allait reconnaître le travail du Grand Chaffalo, pensa Touch. Mais Touch avait tort.

Pendant des jours, le pardessus d'Otis Cratt, aux poches suffisamment lourdes pour lester un navire, resta suspendu aux patères de l'Auberge du Corbeau Rouge. Il avait seulement été allégé d'une petite bourse de cuir de la taille d'un poing.

Parmi les perles des îles du Pacifique, il y avait une lettre pour Touch, de son père, à lire quand il serait grand. Touch se sentit suffisamment grand pour la lire. La lettre l'étreignit comme des bras forts et il versa quelques larmes. Pour lui, les mots comptaient plus que les perles. Le forgeron accompagna Touch à la banque pour placer la bourse en sûreté.

Plus d'une fois, Monsieur Hobbs était allé tambouriner à la porte du juge.

– Cette sale vermine s'est enfermée à double tour, rapportait-il. Les gens parlent. Les langues sont bien pendues.

Devant le feu dans la salle commune, le forgeron démêlait les intrigues du juge.

– Pour mettre main basse sur l'auberge aux affaires florissantes, il avait ordonné à Otis Cratt de signer son nom sur le registre de l'hôtel et de faire briller ses dents d'or partout dans le village. Puis, une fois que l'auberge dormait à poings fermés, Otis Cratt s'était éclipsé, laissant derrière lui son nécessaire de barbier.

Touch savait qu'il s'était d'abord caché dans la maison d'été, le Grand Chaffalo l'y avait vu. Une ou deux nuits plus tard, Otis Cratt avait dû quitter la vallée.

– Puis le juge lança la rumeur que le

barbier avait dû être assassiné pour ses dents d'or, dit Monsieur Hobbs en fronçant les sourcils. Crime et mobile comme il disait! Son mobile à lui, c'était d'acheter cette auberge pour une misère! Quand les voyageurs eurent vent de cette histoire de meurtre et d'ossements enterrés, ils cessèrent de loger ici.

— Et à une seconde près, avec ce sale bout de papier, je lui passais l'auberge, s'exclama Sally en colère.

Monsieur Hobbs acquiesça d'un signe de la tête.

— Touch a été la chance montée sur deux jambes et est arrivé là juste à temps, avec ça!

Touch sentit un sourire au plus profond de lui-même quand Sally lui tendit la main. Il n'était pas un Jonas. Non, par les chiens de l'enfer, il ne l'était pas!

Le forgeron tisonna le feu comme s'il s'agissait des propres entrailles du juge.

— Le juge avait fait revenir Otis Cratt trop tôt. Il avait calculé que le Corbeau Rouge serait déjà en sa possession à l'arrivée de la diligence ce matin-là. Et alors, l'homme aux dents d'or aurait réapparu bien vivant, voyez-vous ça! La hantise du meurtre aurait été levée et l'auberge aurait repris ses activités, plus florissantes que jamais.

Les yeux de Sally étaient enflammés.

— Mon père en est mort!

— Mais maintenant il semble que le juge ait creusé sa propre tombe, dit le forgeron avec une évidente satisfaction. Les mauvaises langues remuent!

— Elles disent quoi, Monsieur Hobbs?

— Le vieux sorcier! Un cheval qui disparaît en plein saut!

Touch fixa Monsieur Hobbs du regard. Personne n'avait-il donc vu la paille s'envoler dans la brise? Les gens étaient-ils trop loin pour le remarquer?

— Les gens ont toujours dit que le juge devait connaître le diable en personne. Maintenant ils le croient! fit remarquer Monsieur Hobbs. Ils l'ont vu agiter une baguette noire le long de la rivière.

— C'était son fouet de cocher, dit Touch.

— Une baguette magique. Et hurlant des sortilèges pour transformer le cheval en plein ciel. De la magie noire!

Touch était stupéfait. Personne n'avait reconnu la main magique du Grand Chaffalo!

Monsieur Hobbs attisa encore le feu.

— Les gens jettent des pierres sur la maison du juge. Il va pourrir derrière ses portes verrouillées, terrorisé de montrer le bout de son nez !

Les jours qui suivirent, les voyageurs recommencèrent à s'arrêter à l'Auberge du Corbeau Rouge. Et Touch se rendit utile, content de couper du bois et d'accueillir la diligence quand elle arrivait. Il ne voulait pas penser aux perles qui reposaient dans la banque. Son père les lui destinait pour quand il serait vraiment une grande personne.

Par un après-midi humide, il retourna au châtaignier où Otis Cratt avait semé les perles invisibles. Elles furent faciles à retrouver parmi les feuilles, chacune d'elles brillait comme l'étoile du matin. Touch avait l'intention de les donner à Sally, si elle les acceptait.

Il se surprit à dresser l'oreille dans l'attente du carillon d'une montre. Mais rien ne bougeait. Il se demanda comment le Grand Chaffalo avait obtenu une pièce chinoise en pinçant le bout du nez de Monsieur Hobbs. Peu de temps après, il marcha jusqu'à la maison d'été. Peut-être que le Grand Chaffalo lui apprendrait à le faire.